익숙함과의

이별 후

익숙함과의 이별 후

초판 1쇄 인쇄일 2021년 11월 3일
초판 1쇄 발행일 2021년 11월 12일

지은이 홍정임
발행처 (재)당진문화재단
주 소 충남 당진시 무수동2길 25-21
전 화 041.350.2932
팩 스 041.354.6605
홈페이지 www.dangjinart.kr

펴낸이 양옥매
디자인 김영주 송다희
교 정 조준경

펴낸곳 도서출판 책과나무
출판등록 제2012-000376
주소 서울특별시 마포구 방울내로 79 이노빌딩 302호
대표전화 02.372.1537   **팩스** 02.372.1538
이메일 booknamu2007@naver.com
홈페이지 www.booknamu.com
ISBN 979-11-6752-051-7 (03810)

2021 당진 신진 문학인 선정작품집

익숙함과의 이별 후

홍정임 시집

당진문화재단

시인의 말

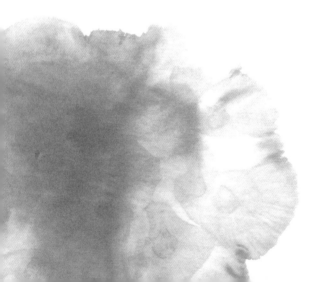

작고 시시한 일상에서

예고 없는 기적들을 발견할 때가 있다

그럴 때면 삶에 보답하는 의미에서

내가 나처럼 살다간 흔적을 남기기 위해

가끔 끄적거렸더니 한 권의 시집이라는

생각지도 못한 선물이 도착했다

"엄마는 왜 시 안 써?"라고 물으며

펜을 잡게 만든 꼬마 시인인 울 아들에게

무한 애정을 보내며

이 순간 상실과 소외를 경험한 이들과

어떤 연유로 가슴을 걸어 잠근 채 살아가는

메마른 이들이 저의 시를 통해 조금이나마

정서가 울렁거리길 바라며…

2021. 더없이 맑은 어느 가을날에

홍정임

차
례

4부

오래된 기도

1부

숨 고르기

어떤 미용사

밤나무가 흔해 밤절로라 불리우는

마을 귀퉁이에 오래된 미용실이 있다

탐스런 흑발 질끈 동여맨

중년의 미용사가 말했지

나는 매일 사람을 여행해요

손에 익은 둔탁한 가위가

낯선 이의 뒤통수를 더듬는 동안

여행의 늪에 빠진다고

허름한 몸뻬에 뽀글 머리 하러 온 할머니를 여행하고

어떤 노신사의 고지식한 마음을 여행하고

엄마 손에 매달려 온 꼬마 아이의 슬픈 눈을 여행했다고

그들의 흔적 빗자루로 쓸어 내며
한낮의 허기진 공허함은
예상치 못한 불시착 같은 것

우리 동네 키 크고 장구도 잘 쳤다는
어떤 미용사가 동그란 목소리로
허공 속에 쏘아 올린 한마디
나는 사람을 여행해요

그녀가 여행한 나는 어땠을까

숨 고르기

태양이 떠난 자리
식어 버린 하늘이
어둠을 몰고 오면
가로수도 눈을 감고 생각에 잠긴다

차가워진 공기도
침묵하는 대지도
톱니바퀴처럼 굴러다닌 두 발도
하루의 마지막엔 서서히
보폭을 늦추며
멈추는 연습을 한다

들숨과 날숨 사이
달구어진 심장이 꺼지는 시간
별들이 스위치를 켜는 순간

드림캐처

신을 믿는

아름답고 순수한 영혼들이

자연을 우러러 숭배하듯

한 땀 두 땀 경건하게

진실된 염원으로 사유를 설계했나 보다

소중한 꿈이 뭐길래

공중에 띄워 하늘거리게

매달아 놨을까

틈

어떤 바람 하나가
이름 모를 씨앗 하나 이곳에 데려왔나 보다

바다과 벽 사이
콘크리트 틈 사이로 희망 하나가 꿈틀거린다

오래된 바람의 주저함은 직관이었나
짓밟히지 말라고
꺾이지 말라고
어둡고 모난 곳에 손을 떨구었나 보다

고군분투 생명을 발아하며
세상 밖을 꿈꾸는 작은 투혼 하나와
곁에 머물며 다독여 준 바람 하나

세상 존재하는 모든 것들은

우리들의 스승이었음을

우리들의 방향이었음을

공감

같은 장소에서
같은 곳을
같은 마음으로
바라보는 것

그 그녀가
우리가 되는 것

프로필 사진

엄마의 오래된 핸드폰
프로필 사진에는 왜 항상 내가 있을까

전화벨이 울릴 때나
문자나 알림이 뜰 때마다
하루에 수번씩 들여다볼 나의 얼굴

전화가 오지 않아도
문자나 알림이 뜨지 않는 날에도
어쩌면 공연히 들여다보며
사랑의 눈길로 어루만지셨겠지

엄마의 오래된 핸드폰에는
엄마를 미소 짓게 하는 나의 미소가 살고 있다
삶의 이유가 숨 쉬고 있다

다리미

하얀 와이셔츠를
다림질하다 상처를 내고 말았다
날카로운 칼처럼 구겨진 주름 하나

물뿌리개가 몇 번 스쳐 갔고
또렷한 상처 위를 상처 낸 다리미가 지나간다
조금씩 자국들이 아물어 간다

회복은 시간을 먹고 흔적을 지운다
옷에 난 상처처럼 사람에게 받은 상처
또 다른 누군가가 다가와 치유해 준다

구김살 없는 세상이란 없는 것
이유 없는 사랑 하나가
살 만한 이유를 만들어 내는 세상이다

익숙함과의 이별 후

그녀는 덩그런
빈 껍질 하나로 세상에서 가장
허기진 사람

이해할 수 있다고
공감할 수 있다는
말조차 위로가 되지 못하는
나는 가슴만 메어진 사람

허물없는 익숙함이 앗아간 아픈 손가락 하나
그녀의 한숨은 천 길 낭떠러지 앞에서
수많은 질문을 홍수처럼 쏟아 냈으리라

한 번의 관심
한 번의 미소
미처 보내지 못한 서툴고 아프기만 한 사랑

그녀가 지키려 한 가시덤불 속의
울타리가 잔인한 변명이 되는 순간
그녀는 조각조각 찢겨지는 심장 부여안고
밤 모퉁이에서 조용히 흐느꼈으리라

이젠 평생의 그리움 되어 버린
아픈 이름 하나 가슴 깊이 묻으며

벚꽃에게

설익은 봄밤
벚꽃처럼 만개한 감성들이
달빛 아래 쏟아 내는 탄성들

오! 예뻐
너~무 예뻐
진~짜 예뻐

남들이 들을까 슬며시 내뱉은
나의 볼멘소리

넌 참 좋겠다!
하도 예쁘단 소릴 많이 들어서

작은 도서관

마음속 스크린이 불을 켜면
닿을 수 없는 곳에 있는 사람들이 손짓을 해요
마치 꿈속 같아요
혹등고래의 등에 올라타 태평양 건너
원주민의 언어로 숲속 사냥을 해요

그들은 하늘이 내린 용사
벌거벗은 갓난아기와 예쁠 것도 없는 소박한 아내
날개깃으로 형형색색 위용을 드러낸 추장
거미줄 같은 인연을 두려워하지 않았죠
미지에선 알 수 없는 사건들이
축제처럼 다채롭게 유혹하고
잔인한 제사가 눈물겨워요

시간은 해일처럼 눈앞에 다가와

현실의 문을 자꾸 두드리는데

아! 어떡하죠

이제야 재미를 알아 버렸는데

작지만 깊고 광활한 소우주

이곳에서 만나야 할 사람과

가야 할 곳이 아직 남았는데 말이죠

민들레

텅 빈 대롱 끝
중첩되어 피어오른
탐스런 미소 하나

날 선 잎사귀
기원을 품은 대지 위에 펼쳐져
허공을 향한 끝없는
꿈들은 고개 숙일 줄 모르니

마침내 안개처럼 피어올라
두둥실 가벼운 여행의 시작이다

바람의 손끝에 매달려
저 강을 지나
울창한 숲속
고요함으로 떨어지고 싶다

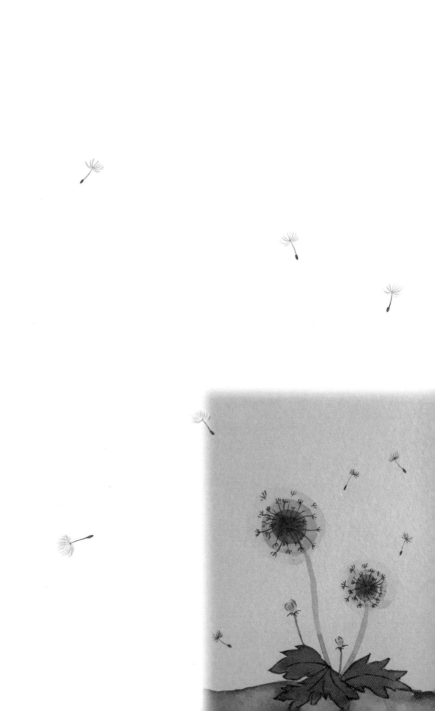

아파트

누군가의 외로운 사유들이 모여
벌집 같은 공간을 계획했나 보다
외롭다 되뇌이면서
스스로 벽을 치고
그 벽을 허물 아량 같은 건
애초에도 없나 보다

하루가 기울면
저마다 어두운 그림자
허리 굽혀 찾아들고
닫혀진 창문 너머로
하나둘씩 켜지는 창백한 등불들

차가운 콘크리트 귀퉁이에 지친 몸이
종이처럼 쓰러진다
상실의 시간을 통과한
아픈 영혼들의 달콤한 휴식이 찾아든다

자목련이 핀다는 건

봄빛이 풀려
자목련이 기지개 펴려 할 때
아플 것 같아요

하얀 속살 감싸 안은 겉싸개마다
실핏줄이 보이거든요

극한의 고통을 뚫고 나온
힘겨운 탄생

알고 보면 저마다 피어난
봉긋한 망울들은 겨우내
눌러 왔던 깊은 설움일지도

탄식처럼 새어 나온

선명한 눈물 자국 그 위를

때마침 수고로웠다

봄볕이 내려앉아요

여행의 이유

여행을 떠나려 해
어린 너와

남들이 말하는 자신을 찾기 위해
떠나는 그런 거창한 뜻은 없어
오직 너와 함께라서야

넘치는 감흥은 노트에
순간의 벅참은 카메라에
그런 너의 뒷모습은
나이 든 네 눈 속에 담을 거야

먼 훗날 시간이 나를 데려가고
삶이 너를 주저앉히려 덤벼들 때
사랑스런 아이야!
눈을 감고 우리의 여행을 떠올려 봐

아름답고 행복했던 그날을 기억하며

중심을 잡길 바래

무릎 세워 일어나길 바래

내가 남겨 줄 수 있는 작고도

보잘것없는 유산 하나

우리가 함께한 여행이

널 지켜 줄 거야

엄마는 그러길 바래

수박

차가운 샘물
가득 품은 붉은 속살
까만 별 무리 지어
보석처럼 박혀 있고

톡톡톡 등 토닥이면
세상에서 가장 맑은 풍경 소리

여름 절정 한복판에서
침묵의 시간 인내하며
목마름의 깊이를 헤아리려 온
동그랗고 심오한 초록 우물

보름달

세상 허물 어둠이 삼켜 버려
광활한 우주엔 탐스럽게 빛나는
너만 남았다

물끄러미 바라만보다
나도 모르게 두 손 모아
소원을 읊조렸다

부디, 이 세상 부모님
가슴 아픈 일 없게 해 달라고

2부

어
떤
하
루

이끼

어둠을 틈타
술렁이듯 돋아난
침묵의 초록 벨벳

시선이 빗겨간 가장 낮은 자리
억 겹의 골짜기를 지나
눅진한 설움 이겨 내고
거친 대지 위 포복하며
바짝 엎드린다

암흑의 굴레 가슴으로 껴안은
불굴의 은둔자여!

지상 위 흔적을 새길 수 있었던
이유는 단 하나
낮은 자세로 엎드리며
사는 법을 배웠기 때문이다

너였기에

앉은뱅이 들꽃
얼굴을 스쳐 간 한 줄 바람
복사꽃 뺨에 번지는 수줍음
마주 웃어 주던 눈빛

지상 위로 뿌려진 빛나던 나날들
너와 함께여서 의미 였고
너였기에 행복했다

봄날의 조문

목마르다는 너의 마지막 말이
두고두고 마음을 찔러
사백 킬로를 단숨에 내달렸다

창밖엔 화관을 얹은 봄의 철없는 얼굴이
나를 무너지게 해

이럴 순 없는 거다
이곳에 너는 없었던 거다
주문처럼 흘러내린 뜨거운 통증들

작은 어깨가 짊어졌던 삶의 등고선을
오르고 올라 마주한
너의 앳된 얼굴
17년을 살려고 오진 않았을 텐데

나의 위로는 종이컵에 따른 생수 한 잔

5월

참을 수 없이 역겨웠던 그 봄의 찬란함과

그날의 알량한 위로 한 잔

가시

아름답고
약하게 태어나

거친 세상
함부로 꺾일 수 없으니
제 살 뚫고 나온
내 안의 슬픈 방어기제

온몸으로 얘기하는구나
부디,
눈길만 스쳐 달라고

내 안의 너

세상의 온갖
사랑스러움 다
모여라

세상의 모든
이쁨들 다
모여라

너만 못해
넌 이미 한도 초과
나에게
과분한 사랑

널 있게 한
모든 것에 감사하고
행복한 나

나의 심장에 귀 기울이면

여전히 뛰고 있는

내 안의 너

소라의 노래

뿔소라 껍질 귓가에 가져가면
슬픈 바람이 노래를 하지
알맹이를 잃어버린 헛헛한 껍질이
쏟아 내는 맑고 투명한 허무

모든 걸 상실한 채
텅 빈 가슴으로 살아 내는 것
견디고자
이기고자
휘파람을 부는 것이겠지

14살 꽃처럼 여린 내 아들의 눈물

넌 오물거리던 조그만 입술로
상상할 수 없는 아득히 먼 곳에서
이곳에 오게 됐다며 화답했지

난 그저 그런 필연이 경이로워
널 신비한 별에서 온 왕자님이라 불렀어

내 가슴속에 여린 새싹처럼 돋아나던 자랑거리는
비둘기와 장미를 창조하는 마술사처럼
예쁜 말 한마디로 날 미소 짓게 하고
햇살처럼 반짝이는 눈동자로 날 들뜨게 했지

너 하나만으로 더 이상 바라지도
바래선 안 된다는 것도 깨닫게 됐어

뒤뚱대며 보조를 맞춰 주던 친절한 발걸음은

어느새 저만치 멀어지고

너는 너만의 색과 향기로 주변을 물들일 줄도 알고

가끔은 송곳 같은 말 한마디에

아파서 눈물도 흘렸지

나의 날카로운 입김 하나로

영글지 않은 여린 심장 하나는

창가에 꽃비 되어 무수히 흩날렸지

세상에서 가장 아름다운 참회 하나가

연못

징검다리 시간을 건너
수면 위 잠시 머물다 가는
꽃잎처럼

구름도 달도
거울처럼 얼굴 들여다보며
단장하는 곳

오월의 기억

오월의 담장 너머
한 다발씩 봉긋 솟아오른 붉은 넝쿨장미

봄빛이 녹는 날 실려 온 조각 바람
그 거리를 거닐며 어쩌면
오고 갔을 우리들의 다정한 언어

밤처럼 깊고 태양처럼 뜨거운 붉은 입술
터질 듯한 싱그런 계절 속에 피어난
우리들의 화양연화
오래도록 지지 않던 장미의 노래

향기로운 사람이 거기에 있었네
그곳에 우리가 있었네

오월이 남기고 간 발자취여!

에스프레소

장난감 같은

이 작은 잔 속에

인생의 모든 것이 담겨 있다

쓴맛

단맛

짠맛

신맛

미작은 잔속에
인생의 모든것이 담겨있다—

파꽃의 꽃말을 아시나요?

푸른 청춘의 유순함을 지나

내려놓아야 할 것들

헐겁게 비워 낸 텅 빈 대롱 끝마다

하얀 눈꽃이 매달려 있다

살아온 시간만큼

꼿꼿한 자태는

강한 풍파에도 끄떡없는

우리 할머니를 닮았다

고개 숙이는 요령도

고지식한 외로움 따위도

고된 삶들이 앗아가 버려

할머니는 오늘도
시들은 머리카락 참빗으로
가지런히 매만지며
창백한 적막을 라디오의
전파 하나로 달래고 있다

오후의 땡볕 고스란히
파꽃 위에 내려앉고 이젠
마음의 빗장 열어 누구에게
넋두리를 풀어야 할까

마당 한켠엔 지레 지쳤는지
파꽃 하나가 고개 숙이려 한다

낡은 공중전화

귓가에 사각사각 부서지는
따뜻한 밀어들이 듣기 좋았다
사람들은 각자의 사연으로 온몸을 무장한 채
속사포처럼 출렁이는 감정들을 나에게 쏟아 냈다

사방이 차단된 공간에 매몰되어
가시 돋친 몇 마디에 긁히고
무심한 발길질에 멍들며
세상이 질러 내는 온갖 푸념들
덤덤히 받아 내야만 했다

무수한 입김이 뿜어내는
슬픔의 온도에 떨어야 했고
어쩔 수 없는 체념에
고개 숙여 흐느끼기도 했다

범람하며 넘쳐나는 심장의 붉은 격정들도

3분이면 숨을 멈춘다

뚜 - 뚜 외마디 신호에 내 머릿속은

하얗게 암전이 된다

저 멀리 누군가의 그림자가

나를 향해 걸어오고 있다

꽃마리

바람이 잠든 하늘정원에서
잔별들이 부서져
고요의 세상으로 뿌려졌다

외로운 길섶에 한 줌
메마른 바위틈에 한 줌

해 지는 어느 달빛 아래
한 점 별 무리들이
잔바람에 나부낀다

파아란 아기별들이
깜빡인다

끝난 후

쓰나미가 모든 걸
송두리째 휩쓸고
복구할 마음까지 휩쓸고

폐허의 거리에서
나는 빈 껍질 되어 나뒹구네

지독한 바이러스는
끝없는 열병을 낳았고

어둠 한켠
둥그렇게 웅크린
그림자 하나가 쏟아 내는 오열

나의 첫사랑
아니 되돌아보면
풋사랑

무지개는 너의 목소리에 걸려 있어

수화기 너머
들뜬 목소리가
조바심을 낸다

어서요
무지개가 떴어요
사라질까 두려워
아직 산등성이 너머
걸려 있으니
빨리 창을 열라며
재촉한다

발코니 앞
눈치 없는 산이
가로막았지만

나는 이미 보았다고

무지개는

상냥하고 설레이던

너의 목소리에 걸려 있어

예쁘고 신비하고

마법처럼 아름다웠다고

어떤 하루

화창한 날 친구는 빵집에서 빵을 굽고
나는 왕벚꽃 다 떨어진 핑크로드를 걸었다

친구는 밀이 익을 때 터지는 향내에 스며들고
나는 발길에 채이며 짙어지는 꽃 내음에 빠져들고

밀알은 밀알 하나의 무게대로
왕벚꽃은 꽃잎 한 장의 무게대로
나에게 주어진 어떤 하루도 그렇게 흘러간다

단 한 번의 쉼 없이 시간은 모두에게
다른 무게로 흘러간다
그들의 희로애락을 싣고

3부

낡은 사진첩

넝쿨

담벼락에 기대선
검푸른 집착들의 아우성
홀로서기의 무모함을 깨우친
그들의 의기투합

우리,
어우러지면서 굴러가요
뒤섞이며 나아가요
서로의 거친 손
따스한 심장으로
안고 가요

토끼풀의 추억

어릴 적엔
토끼들의 밥인 줄도 모르고
방울 닮은 하얀 꽃인 줄만 알고

한 송이 꺾어 반지 만들고
두 송이 꺾어 팔찌 만들고
예뻐진 손 햇살에 비춰 보며 자랑하고

뭉텅이로 둥글게 엮어
화관 만들어 머리 위 올려놓고
가벼워진 발걸음 나비 되어
주위를 맴돌았지

화분

고마운 사람이
보내온 화분 속 풍란이
도도한 자태를 자랑한다

이삼 일에 한 번
단정하게 샤워시키고
이름을 지어 불렀더니
건강한 초록이 무성해졌다

사랑아! 잘 잤니?
우리 사랑이 참 예쁘네

식물도 귀가 있어 말을 알아듣고
마음이 있어 사랑을 느끼는구나

따뜻한 눈길 하나에

우리 사랑이

어여쁜 꽃 한 송이 데려왔네

어떤 노을

하루의 마지막은

낯선 시작을 알리는 변주

어떤 노을은 설레임으로

어떤 노을은 선홍빛 애달픔으로

어떤 노을은 되돌릴 수 없는 아득함으로

우리 만남의 마지막은 어땠을까

그들에게 나는

어떤 노을로 기억될까

길 위의 그녀

그녀는 길을 찾기 위해 길을 떠난다고 했다
활화산을 품은 가슴은 이국의 산을 넘게 하고
개울을 건너 광활한 해바라기밭을 끝없이 걷게 했다

창틈으로 푸른 새벽이 기웃대면
사과 한 알과 삶은 달걀 하나로 작은 몸을 추스르고
그녀를 어디든 데려가 주는 제일 낮은 곳을 점검한다
발바닥에 바셀린을 듬뿍 바른 후 베이비파우더를 도포하는 것
물집이 안 잡히는 최고의 예방이 하루의 루틴이다

배낭엔 포물선의 나이테가 새겨진 하얀 조가비가 동행하고
낯선 곳에선 또 다른 이방인도 각자의 언어로 살가워진다

밀밭 길이 나오면 밀밭 길을 하염없이
포도밭 길이 펼쳐지면 선물 같은 향기에 취해서 걷고
길이라는 건 피하지 않고 적나라하게 스며들고 마주하는 것

시골 성당에서 드레스를 차려입은 하객들을 비집고
새 신부를 찾는 과정이
포도주를 맞으러 광장으로 몰려드는 군중들의 억눌림 없는
자유가 길이 되는 순간이다

시간들이 조용히 흘러 기억의 길 퇴색되고
고된 현실이 불투명한 앞길을 데려올 때
그녀는 또 다른 길을 찾기 위해 배낭을 꾸린다

멀리서 보면 길은 끊어져 있고
걷다 보면 길은 이어져 있다

한 번쯤 뒤돌아볼 뿐

행복

작은 일에 감사하는
사람은 늘 행복하다

가진 것에 만족하며
미소 짓는 사람에겐
하루하루가
선물이다

들꽃으로 피었나니

늘 처음처럼
피었다 지는 저 들꽃처럼

비바람에 흔들리며
저마다 예쁜 꽃 피웠나니
들여다보는 이 없어도
그렇게 시들어 가도
다음이란 없는 것이다

지금, 이 순간
천 가지 빛깔로
짧지만 나만의 수고로운 삶

들꽃으로 피었나니
들꽃으로 흔들렸나니

재첩국

표류하던 민물과 바다가 하나 되는 곳
부유물이 훑고 지나간 강 하구
물의 씨앗이 길러 낸 순결한 결정체가 숨을 쉰다

깊고 어두운 밑바닥 모래 속
엄지손톱만 한 작은 알맹이들
가장 낮은 곳에 가장 깊은 맛이 깃들어 산다

이른 새벽 고요함을 깨치고
아련하게 들려오던 투박하고 정겨운 소리
재칫국 사이소! 재칫국

맑은 시간을 우려 담은 양철통에서
원초적 담백함이 출렁인다

조약돌

여기저기 함몰된
본래 난
세상을 향한 반항아였다

심장을 내리꽂는
비바람
누군가의 힘찬 발길질

혹독함이 자만을
이기는 날에
나는 또다시 태어났다

나의 모난 곳은
차임에 무뎌졌고
밟혀서 정착했고
둥글게 깊어 갔다

못난 꽃은 없다

그저 피었을까
담벼락에 나팔 닮은
노오란 호박꽃

그저 열렸을까
노을빛 환한 탐스런 열매

세상에 그저란 말은 없다
꽃이 그저 피고 지며
열매가 그저 맺힐 리 없다

생의 마지막을 오가는 숨 가쁜 호흡
수만 번의 떨림이 있었을 게다

우리 눈에 그저 그렇게 보였을 뿐

세상에 쉬운 삶은 없다

세상 어디에도

못생긴 꽃은 없다

단풍

지금껏 단풍은

아름다운 가을꽃인 줄 알았다

처절한 사투 끝에 위태하게 흔들리며

심연의 고통으로 끌어올린 색의 향연

산과 들을 뒤덮은

저 뜨거운 눈물들이 말을 한다

오늘 하루 허투루 살아선 안 된다고

가슴 찡하게 살아야 한다고

제 몸 불사르는 저 불꽃처럼

낡은 사진첩

낡은 흑백사진 속에 삼십 년 전
당신이 웃고 있네

단정한 옷매무새
목적을 응시하는 깊은 눈동자
상아처럼 하얀 이 가지런히 드러내며
무엇이 웃게 했는지 수줍었는지
찰나의 순간마다 싱그러운 미소가 머물러

젊은 당신 참 아름다웠네
당신 정말 빛났었네

사진은 빛이 바랬지만
당신의 생기 있는 미소는
아직도 나이를 먹지 않았네

여전히 나의 옆에서

웃고 있네

아버지의 사랑

바라보는 것이다
애처롭게

쓰다듬는 것이다
상처를

포기하지 않는 것이다
널 지켜 내기 위해

흔들리는 공식

1+1=7

우리 할머니 할아버지 만나

7남매를 낳으셨지

그 한 명 한 명이 짝을 만나

기하급수적으로 폭발했지

$1+1=\infty$

?

1+1=0.8

지금은 한 명조차 안 낳는데

걱정하지 마

AI가 대체한대

그런 사람

나는 바지락국 같은 사람이 좋다

한 사발 쭈욱 들이키면

입속부터 가슴 밑바닥까지

시원한 향기로 채워지는 그런 사람

현란한 색채로 눈을 어지럽히고

향신료 범벅으로 무슨 맛인지 본인을 잃어버린

그런 사람보다 만나면 만날수록

몸과 마음이 건강해지는 진국인 그런 사람

꾸밀 줄도 생색낼 줄도 모르는

순진한 바지락국 한 사발이

온몸을 훑고 지나가면

나는 가을 하늘보다 청명하고 가벼워진다

고유의 깊은 맛과 진솔한 향기를 품은

맑은 바지락국 같은 사람

그런 사람이 오랫동안 나의 곁에 머물러

나 또한 맑고 향기로워지기를

더욱 깊어지기를…

낙엽을 밟으며

깊어 간다
가을이

메마른 나뭇잎들은
바람이 불 때마다
싫어하는 몸짓으로
한 번 뒤적이고
저 멀리 흩어지고

너의 흔적과 추억
그 위를 나는
걷고 있다

4부

오래된 기도

처음 불러 본 이름

그 정원엔 꽃들이 만발하다

불리어지는 이름으로
으스대듯 팔랑이는 꽃과
불리어지지 않은 이름으로
소박하게 피어난 고요한 꽃들이

근본 없는 꽃은 없을진대
이름 없는 꽃은 없을진대
모두가 계절이 데려온 귀한 손님들인데

깊은 푸름과 분홍의 경계에서
돋아난 오묘한 보랏빛에게
처음으로 이름을 불러 본다

자주꽃방망이

좀비비추

눈개쑥부쟁이

꽃댕강나무

꽃쥐손이

자주닭개비

그들이 귀를 쫑긋 일으켜 세운다

돌탑

잠시 멈춰 선 발길

간절함이 남긴 흔적들

염원을 담아 쌓아 올린

소박한 돌탑들이

기와를 곱게 얹은 담장 위로

징검다리처럼 놓여 있다

여기서는

서두르지 않았나 보다

사랑

내가 널 생각하는 것
기억의 창고 깊은 곳에
끝까지 남아
문득문득 안개처럼 피어나는 것

그래서 가끔
회상에 젖어드는 것

백련

엉켜 버린 흐린 마음이
천둥을 몰고 오려 할 때
합덕방죽 굽은 길 걷다 보면
수천 송이 연꽃들이 말을 걸지

그대, 물들려고도
물들이려고도 하지 마요
깊어져요 본연의 색으로

유월 여름 오후의 긴 볕 아래
허공을 만끽하는 하얀 등불들이 속삭이지

나를 봐요
나를 좀 바라봐요

어둠을 뚫고 하얗게 불사른
숭고한 결정체의 한마디

물들려고도

물들이려고도 하지 마요

홀로 깊어지세요

폭설의 이유

오래전 낭만이 가출하여
나의 둥지에 자리 잡은 차갑고 시린 얼음 세포

겨울의 끝자락이 큰 결심을 했나 봐요
지난밤 폭설은 온 세상 허물
하얗게 덮어 버려
창밖은 미소년의 얼굴로 말을 걸어와요

이젠 그렇게 살지 말라며
쓸쓸한 공간에 그림을 그려 줘요

오늘 하루만이라도 동화 속 세상에
갇혀 살라며 순백의 언어로 속삭여요

돋아나라
돋아나라
빈 가슴에 눈꽃 송이
소담스레 돋아나라
주문을 외워 줘요

질 때도 동백처럼

천년을 살다 가는 것도 아닌데
구차하게 매달리지 않으리

가장 아름다울 때
정열이라는 붉은 이름 하나로
끝없이 타오르다
미련 없이 송이째 낙화한다

성장통

성장하기 위해
꽃게는 허물을 벗는다
일생 동안 반복되는 제 살을
깎는 고통으로 어른이 되는 것이다

시리고 아픈 연분홍 살갗 위로
시간의 껍질이 점철된다

더 강하고 단단하게
하지만 낮은 자세로
인내의 껍질이 내성처럼 돋아난다

방패

우리가 우산을 같이 썼을 때
너의 오른쪽은 항상 젖어 있었지
바람마저 거칠게 몰아치면
우산은 나에게로 한껏 기울어져
너의 온몸은 차갑게 식어 버렸지

손끝으로 전해지는 망설임은
나의 한쪽 어깨를 감싸 안고
쉴 새 없이 두근대는 빗방울 소리

사랑한다는 말 한마디는
너무 가벼워 허공 속에 흩어져 버릴까
어느 사이 신기루 되어 눈앞에서 사라져 버릴까

아껴 두고
새어날까 누르고
참아 왔던 어느 날

비가 오고

눈 내리고

바람마저 세차게 불어오면

너는 조심스레 나의 옆에서

낭만적인 방패가 되어 주었지

빈손

그거 알아?

제로섬게임 말야

뭥미?

ㅋㅋ

조삼모사는?

?

둘 다 인생이야

그러니

너무 애쓰며

살지 마

○○님이 나갔습니다.

눈길

상처받은 이여!
눈 속을 걸어 보라

남겨진 발자국처럼
푹푹 꺼진 아픔의 상흔들도
뒤돌아보면
새살 돋듯 다시
채워지리니

정답을 맞춰 봐요

알 수 없는 이유로 눈을 뜨자마자

17년을 감옥에서 살았어요

어둠의 터널은 미로처럼 펼쳐져

고립에 허용된 건 뼈를 깎는 인내의 숨소리뿐

밤과 낮을 모른 채

나를 에워싼 시간의 껍질이 벗겨지고

세상과 마주하던 그날

살갗 위 선명한 고랑에서 튀어나온

외마디 절규

태양이 너무 뜨거웠어요

사람들은 귀를 막고 낭만적이지 못했어요

내가 우는 만큼 오후의 태양은 숨 가쁘게

작렬했고 남겨진 시간은 불멸의 밤처럼

잔인했어요

저는 결백해요

- 17년 2개월을 살다 간 매미의 고백 중에서

꽃씨 하나

단단한 외피를 뚫는 순간
사방이 암흑이다

놀라지 마라
가슴을 진정시킨 후
잠시 숨을 고르자

움츠리지 말고
다음을 기도해야 해

넌 기적처럼
꽃 피워야 할
멋진 삶이
예정돼 있으니

covid-19

사상누각

사람들은
어떻게 해야 하는지
이미 알고 있었다

너그러운 파괴의 신이
두 눈 질끈 감고
내린
최후통첩

달 낚시

나처럼 부족함이 많아
움푹 패인 너에게 마음이 쏠린다

널 낚으려고 보름을 기다렸다
뾰족한 모서리가 뿔처럼 돋아난
널 낚아 방문 앞에 걸어 두었다

마침표

여행 마친 한 송이 꽃
허공 위에 걸려 있다
미완의 쉼표로 다져 온 고단한 대장정

무너질 수 없는 단단한 심지도
언젠가는 연소하며 사그라지는 촛불인 것을

오늘 꽃처럼 살다 간 누구 하나
마침표를 찍어 삶을 완성했다

아름다운 마무리가 문 앞에 걸려 있고
외롭지 않게 문상객들이 분주하다

오래된 기도

당신은

선물이 아닙니다

우연처럼 찾아든

선물이라 말하기엔

깃털만큼 가볍습니다

서로가 타오르던 열망 하나로

필연처럼 마주할 수밖에 없는

당신은 나의

오래된 기도

입니다

코스모스

그 가냘픈 몸으로
가을을 데려왔구나

이슬만 먹은 듯
티 없이 청순한 얼굴이
높고 푸른 하늘을 닮았네

어디선가 불어온 미풍 따라
하늘하늘 선녀처럼
춤을 추네